(사랑)에

대답하는

시

(사랑)에
대답하는
시

사랑은 어떤 모양인가요?

아침달

사랑에 대하여 묻고 대답하는 일

『사랑의 기술』의 저자 에리히 프롬은, 사랑에 관한 이론이라면 인간 실존에 대한 이해로부터 시작해야 한다고 이야기합니다. 사랑이 우리를 경유하는 동안, 우리는 살아 있다는 사실을 자각하게 되고, 그로 인해 삶에 존재감을 느낀다는 의미까지 다시금 깨닫게 됩니다. 그만큼 사랑은 인간에게서 뗄 수 없는 존재이기도 합니다.

열다섯 명의 시인이 사랑에 대해 묻고, 대답하는 형식으로 시와 산문을 선보이는 이 책은, 사랑에 대해 정의 내리려는 형태는 결코 아닙니다. 어쩌면 사랑이란 정의 내릴 수 없다는 사실을 증명하는 쪽에 더 가까울 것입니다. 다만, 알 수 없지만 우리 곁에 내내 존재하는 사랑에 대해 궁금해하고, 자기만의 방식으로 대답을 내려보는 과정은, 우리가 사랑에 대해 말하는 일을 두려워하지 않고, 오늘날 우리를 실존하게 하는 그 사랑의 존재를 있는 그대로 받아들이자는 일종의 끌어안는 일일 수도 있습니다.

다양한 형태의 사랑이 있습니다. 세상이 짤막하게 규정해놓았던 사랑에서 벗어나 폭넓고 깊은 사랑의 형태인 것입니다. 열다섯 명의 시인은 각자 사랑에 대한 질문을 고르거나 떠올렸습니다. 그리고 그에 대한 대답으로서 시와 산문을 썼습니다. 읽는 동안, 이 대답들이 다시 우리에게 질문으로 환원될 때, 우리는 여전히 궁금해할 수밖에 없는 사랑의 가능성으로 실존하는 게 아닐까요.

어떤 사랑은 흔적을 남긴 채로 홀연히 사라졌고, 또 어떤 사랑은 뒤늦게 발견되기도 합니다. 사랑을 있는 그대로 말할 수 없는 흐린 풍경 속에서, 마음 깊숙한 곳으로부터 꺼내어 온 진심도 있습니다. 여름 감기처럼 지독하기도 하고요. 사랑이 보여주는 기쁜 장면을 기억하는 사랑스러운 자리도 있습니다. 사랑 속에서 뒤엉킨 이 풍경을, 열다섯 명의 시인은 각자

자기만의 언어로 이야기하고 있습니다. 시는 사랑의 영원을 찰나로 담고, 산문은 못다 한 이야기처럼 내내 끝나지 않는 것만 같습니다. 이 이야기를 통해서, 우리를 다녀간 적 있는 혹은 지금 머물러 있는 사랑에 대해 다시금 궁금해하고 싶습니다.

사랑이 결코 대답할 수 없는 것이라 할지라도, 우리가 살아 있다는 증거, 사랑이 증명하는 우리의 있는 그대로의 모습에 대해 함께 나누고자 이 책을 기획했습니다. 열다섯 명의 시인이 각자의 사랑 속에서 써 내려간 이야기가 바로 여기에 서 있습니다.

2021년 12월
아침달 편집부

목차

사랑도 배울 수 있나요?

임유영

2020년 《문학동네》 신인상을 수상하며
작품 활동을 시작했다.

사랑도
배울 수 있나요?

사랑의 열매

　양화대교 아래를 지나다가 다리에 불이 켜지는 광경을 보았다. 강가의 대기는 두텁고 침침했다. 빛은 번쩍이며 일순간에 둥글게 여물었다. 그러자 햇빛이 사위고 어둠이 짙어졌다. 인공조명 아래서 우리는 기어이 서로의 젊음을 깨닫고 말았다.

　운이 좋아 파묻힌 통로를 찾아냈고 꿈으로 갈 수도 있었지만, 머잖아 통로를 청소하고 막힌 곳을 뚫어 경로를 개선하는 사람은 모두 죽어 사라질 것이다. 녹슨 곳은 더 녹슬고 무너진 곳은 더욱 무너진다. 오래 굶은 미래, 두 쌍의 다리를 달고 구석으로 기어 다닌다. 모든 우주의 보름달을 정원에 장식하고 저녁이면 불을 밝혔지. 익은 감은 물러지기 전에 따고 녹나무 아래 손톱을 묻고. 붉은 깃발이 힘차게 펄럭일 때 충직한 기억은 영문 모를 눈물을 닦았네. 붓고 굽고 또 구웠지. 오로지 온전하기만을 기원하면서. 하늘로 올라가는 흰 연기가 흩어지는 모양쯤이야 매양 보아도 두렵지 않았네. 겁 많은 개가 안심하고 엎드린다.

우리를 보지 못하는구나. 미래, 가늘어진 과거와 팔짱 끼고 우래옥에 가서 냉면을 먹고 싶다. 찬 국수 먹는 동안 어두워지는 초저녁 하늘, 거기에 손거울 하나, 그 뒤편의 '아모레', 아모레, 우리가 찾아낸 미래의 화석. 이것을 주워서 무엇하리?

던져버린다. 그 모양, 구부러지다 돌아가다 깎이고 갈려서 동그래진 귀여운 것. 한강 물밑에 대글대글하다.

사람도
배울 수 있나요?

임유영

나 홀로 뜰 앞에서

사랑이라는 단어를 아껴 쓴 적이 있다. 혹시 실수로라도 누군가에게 사랑한다고 말하게 될까 전전긍긍하며, 누군가에게 사랑한다고 고백하는 내 모습을 머릿속에서 그려보곤 창피해하며, 절대로 그런 단어를 쓰는 사람이 되지 않겠다고 다짐했다. 그런 야박한 마음이 어디서 왔으며 이젠 또 어디로 갔을까. 지금 나는 사랑한다는 말을 자주 한다. 밥 먹다가도 사랑한다고 말한다. 메모나 편지 끝에 사랑을 담아, 라고 쓴다. 헤프게 쓴다.

내 안에서 사랑이란 관념은 숱하게 변화했다. 처

음에 사랑은 가족이었다. 남자와 여자가 사랑을 하면 아이가 태어난다고 배웠다. 그에 따라 나 자신, 사랑의 마땅한 결실이자 적자로서 사랑으로 살아보려 노력했지만, 오랜 시간이 지나도 자신을 온전히 받아들일 수 없었기에 그 가르침을 버렸다. 그즈음 사랑이란 고귀하고 절대적이며 신성하고 완전한 것만은 아닐지도 모른다는 의심을 품었다. 또 어느 날 사랑은 욕망에 복무하는 허구, 상상, 변명일 뿐이라는 주장을 알게 되었는데, 그 이야기는 내가 세계를 이해하는 데 큰 도움이 되었다. 사랑해서 가뒀다, 사랑해서 때렸다, 사랑해서 강간했다, 사랑해서 죽였다는 수많은 이율배반의 수수께끼가 풀린 듯했다. 이제 사랑은 누군가를 위해 생명도 버릴 수 있는 숭고한 결심이거나, 대상을 무자비하게 다룰 수 있는 권리 같았다. 누가 나를 사랑한다면 그게 사람이건 신이건 일단 도망가기로 작정했다. 조금 좋아하는 게 사랑이라고 착각하지 않기로 다짐했다. 부서질 듯이 괴로울 때 어쩌면 사랑이려나 싶었다. 예견된 종말을 기다리듯이 사랑을 기다리고자 했다. 그래도 세상에 사랑 이야기가 이렇게 많은데, 설마 진짜 없겠냐 싶었다. 언젠가는 알겠지, 내 차례가 오겠지, 선고를 기다리는 죄인처럼 사랑의 처분을 기다렸다.

하지만 인생의 대부분에서 나는 엄마가 해주는 볶음밥을 먹고 할머니의 등에 업히고 친구와 커피 마시고 연인과 손잡거나 했을 뿐이다. 세상을 떠난 이들이 그립지만 매일 생각하지는 않고 증오하는 인간도 가끔은 어여쁘다. 혼자 있는 게 좋지만 늘 혼자 있기는 싫다. 어떤 공동체에도 속하고 싶지 않지만 하나 더 만들었다. 이별할지도 모르는데 영원을 약속한다. 영원을 믿지 않지만 지속의 가능성은 맹신한다. 매일 서로 얼굴을 보면서 상대의 부재를 상상한다. 이 글을 쓰면서 처음으로 국어사전에서 '사랑' 항목을 찾아보았는데 첫 줄에 '어떤 사람이나 존재를 몹시 아끼고 귀중히 여기는 마음, 또는 그런 일'이라고 적혀 있다. 그 정도라면 나도 얼마든지 할 수 있고, 하고 있다.

아무튼 세상에는 사랑에 대해 이야기하는 사람들이 너무나 많았고, 그들도 아는 것이 별로 없었다는 사실만은 알겠다. 다들 잘 모르겠으니까 두렵고 불안해서 이상한 이야기들을 지어냈구나. 전부 새로 시작해도 되는 거 아닐까. 지금까지 배운 것, 알던 것을 잊어버리고, 사랑, 사랑, 잘게, 작게, 아주 작게 만들어서 강에다 퐁당퐁당 던져도 보고, 수제비 반죽처럼 뚝뚝 뜯어서 흩어도 보고, 고추처럼 마당에 내다 널어 말려도 보고. 그러다 보면, 어쩌면…… 하지만, 온 세상의 물을 다 말려서라도 그 조각을 찾고 싶은 마음 같은 사랑이라면, 나는…… 주머니에 손을 넣고 걷는다.

당신에게 사랑은 어떤 모양인가요?

김선오

시집 『나이트 사커』로 작품 활동을
시작했다.

당신에게
     사랑은 어떤 모양인가요?

껌 종이

다 씹으면 여기에 뱉어

너는 내 손에 껌 종이를 쥐여 주었다

종이를 열자
반짝이는 은색이었다
무수한 햇빛이 그 위로 쏟아지고 있었다

너는 너무 환하게 웃는다

그것을 주머니에 넣고
나는 벌써 몇십 년째 입을 우물거리고 있다

유령과 은박지　　　　　　　　— 산문

　첫사랑은 누구에게나 특별하다. 그러나 퀴어에게는 한층 더 특별하다. 태어나 처음 타인에게 느끼는 감정의 무게를 감당하기도 버거운데, 그러한 끌림이 스스로의 정체성을 총체적으로 결정하는 일을 손 놓고 바라볼 수밖에 없다. 누군가를 사랑했을 뿐인데 정상성의 세계로부터 내쳐진다. 그리고 더는 그곳으로 되돌아갈 수 없다. 사랑은 사랑하겠다는 결심에 다름 아니다. 그를 사랑하는 내가 되겠다는 선언이다. 그러므로 퀴어에게 사랑은, 어떠한 감행을 필연적으로 동반한다.

　아닐 거야, 그럴 리 없어, 수없이 되뇌는 부정의 독

백은 사랑의 감정과 거의 동시에 발생한다. 나 때문이 아니다. 나의 마음 때문도 아니다. 그러한 사랑은 불가능하다고, 퀴어(queer, 이상한)하다고 규정하는 이곳의 구조 탓이다. 그러나 사회의 잣대는 언제나 교묘하게 개인의 내부에 들어앉아 있다. 감정의 주체인 스스로를 질책하고, 질책의 계기인 사랑의 감정에 분노와 절망을 뒤섞는다. 본격적으로 사랑하기에 앞서 대상을 원망하거나 미워하게 되기도 한다. 사랑을 사랑의 편에서 하는 일이 우리에게는 그토록 어렵다. 그건 아마…… 우리의 잘못은 아닐 것이다.

씹던 껌을 뱉으려고 주머니에 구겨 넣은 껌 종이를 꺼내다가 그것이 너무 예쁘게 반짝여서 놀란 적이 있다. 네모난 은박지가 예뻐 봤자 뭐 얼마나 예뻤겠는가. 아마 그 껌을 건네준 사람을 막 사랑하기 시작했기 때문이었을 것이다. 입안에서 껌은 점점 딱딱해지고, 단물이 모두 빠져 혀가 말라 갔지만, 그 유별나게 반짝거리는 껌 종이에는 도무지 뱉을 수가 없었다. 결국 공책 귀퉁이를 찢어 뱉은 뒤 교실 쓰레기통에 가져다 버렸다. 껌 종이는 주머니에 넣은 채 집으로 돌아왔다. 집에서도 어찌할 바 몰라 고민하다 서랍 어딘가에 넣어두었던 것 같다. 그로부터 십여 년의 시간이 흐른 지금, 당연하게도 그 껌 종이의 행방을 나는 모른다. 그러나 쏟아지는 빛을 쪼개어 반사하던 작은 종 잇조각의 이미지는 내게 뚜렷한 사랑의 모양으로 남아 있다. 그날 교실을 가득 메우던 오후의 햇살도, 조금씩 아파오던 턱의 감각도.

첫사랑은 오래가지 않아 끝이 났다. 관계의 종료와 무관하게 그로 인해 얻게 된 퀴어로서의 정체성은 지금까지 잘 간직하고 있다. 아마 앞으로도 그럴 것이다. 껌 종이는 '자네는 퀴어일세' 하는 인증 도장처럼 나의 내부에 반짝이는 사각형으로 찍혀 있다. 퀴어가 아니었다면 나는 시를 썼을까? 최소한 이토록 많은 사랑에 관한 시를 쓰지는 않았을 것 같다. 시를 쓰며 탈문법적 세계로의 이행을 꿈꾸었지만 그 일은 언제나 내가 해온 사랑 안에서 더 진실하게 이루어지고 있었다. 어쩌면 내가 해온 사랑 때문에, 나의 사랑을 규정하는 언어들 때문에 어떠한 탈주의 행위가 내게 그토록 중요한 화제였는지도 모르겠다. 사랑은 언제나 모호하고, 모호한 채 나를 잠식하지만, 우리가 이렇게 사랑이라는 유령을 공유하고 있다는 사실이 나는 기쁘다.

당신에게 남아 있는
사랑의
흔적이 있나요?

신용목

시집으로 『그 바람을 다 걸어야 한다』,
『바람의 백만번째 어금니』, 『아무 날의 도시』,
『누군가가 누군가를 부르면 내가 돌아보았다』,
『나의 끝 거창』, 『비에 도착하는 사람들은 모두
제 시간에 온다』가 있다.

당신에게 남아 있는
사랑의 흔적이 있나요?

스크류바 빈 봉지

어느 날 길가에 돌을 주워
쌓았던 날이 있지

무너진 날이 있지 허깨비들, 미래의 병사들이 과거
까지 찾아와 내 마음을 죽이고 하루하루를 점령할 때
몸속을 떠도는 안개의 작은 짐승들이 하얗게 입김
을 흘려놓아서
기억을 말갛게 끓여내는 태양과 망각을 검은 천으
로 끌고 가는 그림자, 죽음을 대신하는 꽃들이 아침
을 향기로 내뿜고

있어서,

어느 날 길가에 놓인 돌을
무심히 차고

몸이라는 정류장, 슬픔이 잠시 멈췄다 떠날 것이다

삶이라는 노선표 해진 모서리가 바람에 떨며 가리키는 종점이 있을 것이다
　꿈이라는 마음의
　길가마다 띄엄띄엄 돌멩이가 받치고 언젠가 먹다 버린 스크류바 빈 봉지가
　바래도 예쁜 분홍색으로

　자백인 양 달은 또 떠서

　돌처럼 무너지고 있어서, 미래에 저지르게 될 죄의 형량으로 하루를 살아내는 사람의 몸속에 갇혀서
　아직 기억이 되지 못한 죄들이
　아직 포기가 되지 않은 사랑을 밤이라는 짐승의 붉은 눈으로 끌고 다닌다

32　당신에게 남아 있는
　사랑의 흔적이 있나요?

신용목

마음 살해자의 미래

공룡은 몸집이 커져서 멸망했을 것이다. 인간은 마음이 커져서 멸망할 것이다.

이 말은 소행성 충돌이 공룡이 멸망한 직접적인 원인이겠지만 그 멸망의 조건이 이미 공룡의 본질 속에 있었다는 말과 같고 또 다르다.

인간은 만족을 모르는 이성으로 인한 극한의 문명 때문에 멸망할 거라고들 하지만, 그 이기가 아무리 비대해진다 해도, 어느 한순간 자신의 삶 한복판에 지옥을 건설하는 그 마음의 크기에 비할 바는 못 된다.

적어도 마음이 세우는 사랑의 제국과 그 끝에 그

어진 죽음의 지평이, 총칼로 국경을 긋고 힘센 자들
이 소수의 이득을 위해 숱한 사람들을 죽음으로 내몰
거나 가난과 역경 속에 빠뜨리는 이 유치한 세계보다
더 본질적일 테니까.

　　그러니 인류가 멸망한 아주 먼 훗날 새로운 지적
생명체가 나타나 지구를 점령한 뒤, 저 공룡의 뼈를
모신 건축물 옆에 인간을 기념하는 박물관을 지었을
때, 거기 전시되는 것은 핵폭탄이 아니라 인간의 마
음일 것이다. 사랑과 분노와 슬픔으로 가득한 그 마
음 말이다. 하긴 인류에게 전해진 신화의 역사가 그
렇듯 그때 전시된 마음 역시 음모와 음해뿐인 정치적
욕망이 대부분일지도 모르지. 인간의 삶을 착취와 억
압을 일삼는 권력의 전쟁터로 만들어버린 그 욕망 말
이다.
　하지만 나는 믿는다. 그들 중 어느 외로운 과학자
가 딱딱한 지층에 눌어붙은 콘돔 속에서 기어이 사랑
을 발굴하고는 그 슬픈 기원으로부터 마음을 찾아낼
것이라고. 그리고 그 마음이 저 작은 몸속에 세웠던
어마어마한 크기의 천국과 지옥을 증명할 것이라고.

그리고 깨닫게 될 것이다. 이들의 세계는 인류라고 통칭되거나 국가 또는 종족이라는 집단으로 이루어진 게 아니라, 그저 한 사람 한 사람이 스스로 왕이자 백성으로 살았던 마음의 제국이었으며 그들의 사랑이 하나하나 그 세계의 문명이었음을.

그래서 이렇게 쓸 것이다. 무엇보다도 그들은 사랑하는 존재였고 그 사랑 때문에 그들의 문명은 넉넉히 온전하였으며, 결국 그들이 만든 세계의 멸망은 그들 각자의 죽음뿐이었다고.

그때, 마음은 한 번도 전시되지 않은 방식으로 환한 조명 아래 내걸려 그들에게 낯선 체험을 선사하겠지.

지금의 우리로서는 도무지 알 수 없는 바로 그 방법으로 말이다.

만약 우리가 마음을 전시하는 그 방법을 알았다면, 우리는 조금 덜 슬펐을까.

공룡이 제 흰 뼈를 환한 태양 아래 꺼내 그 텅 빈 허무를 지켜봤다면, 소행성이 충돌하기 전 땅을 파고 들어가 우는 법을 배웠을까.

사랑은
우리를 어디까지
데려다 놓을 수 있을까?

안희연

2012년 《창작과비평》으로 등단하며
작품 활동을 시작했다. 시집으로
『너의 슬픔이 끼어들 때』,
『밤이라고 부르는 것들 속에는』,
『여름 언덕에서 배운 것』이 있다.

사랑은 우리를 어디까지
         데려다 놓을 수 있을까?

단차 — 시

　굴 상자를 들고 너의 집을 찾아가는 길이었어. 겨울 금화는 굴. 겨울 금화는 굴. 노래진 손을 보며 낄낄거릴 생각을 하면서. 그런데 이상하지, 골목은 뱀처럼 혀를 날름거리며 좀처럼 길을 내어주지 않고. 너의 집을 찾을 수가 없어. 너의 집을 찾아갈 수가 없구나.

　사람들은 너의 고양이가 사라졌다고 했어. 낯선 사람들이 너의 집에 들이닥쳤을 때 벌어진 문틈 사이로 달아나버렸다고. 고양이 탐정을 부르고, 너의 옷을 흔들어도 돌아오지 않는다고. 나는 굴 상자를 들고 너의 집으로 가고 있는데. 겨울이 아니면 굴을 먹을 수 없는데.

　너의 물건들은 자루에 담겨 불태워지고. 벽은 새 벽지를 바르고 뒤돌아 앉아 모르는 척. 너의 집은 깨끗해졌다고 했어. 곧 새 주인을 찾을 거라고 했어. 너의 집을 코앞에 두고. 이러다간 굴이 썩을 것 같은데.

필요한 일이 생길 거예요. 어느 밤엔 누군가 우산을 건넸지. 이제 그만 귤 상자를 내려놓고 우산을 받아들고 싶기도 했어. 큰 비가 오면. 귤이 다 썩고 나면. 그 귤을 어떻게 해야 할지 캄캄해져서.

너의 집은 거기 그대로 있는데 너의 집을 찾을 수가 없어서. 골목을 떠나지 못하고 있어. 한 계단씩 내려가고 있어. 아흔아홉 계단을 내려갔어도 살아서는 내려갈 수 없는 단 하나의 계단이 있어서. 귤 상자를 끌어안고 있어. 두 번 다신 쏟지 않으려고.

사랑은 우리를 어디까지
데려다 놓을 수 있을까?

안희연

귤 상자를 안고

네가 죽고, 우리는 처음 만났다.

나는 눈을 뜨고 있었고, 너는 눈을 감고 있었다.

너의 감은 눈을 감겨주고 싶다. 끝없이 감겨주고 싶다.

2021년 9월 한 달간, 노트에 적힌 말은 저 문장들이 전부였다. 그 밖의 다른 문장은 쓸 수가 없었다. 마음이 너무 아파서였다. 가을 하늘이 얼마나 높고 청명한지, 슬픔이 얼마나 빠르게 잊힐 수 있는지, 한 죽음을 앞에 두고 제철 음식을 꼬박꼬박 찾아 먹으려는 내 모습이 얼마나 괴물 같은지를 생각하고 또 생각한 시간이었다. 그사이, 네 고양이가 집을 나갔다는 소식을 들었고, 며칠 뒤 다행히 고양이를 찾았으니 걱정 말라는 연락을 받았다. 그런데 정말 다행이어도 되나. 하나는 돌아왔으나 하나는 영영 돌아올 수 없는 현실에 대고 다행이라는 표현을 써도 되나.

그로부터 한 달이라는 시간이 흘렀을 때, 내 머릿속에선 고양이, 골목, 전신주 같은 단어들이 부유하며 너의 집으로 가는 길을 냈다. 수시로 너의 집을 찾아갔지만 정말로 찾아간 것은 아니었다. 주소도 알지 못했으니까. 다만 아무 골목에나 서서, 여기 어디쯤이겠구나, 또 다른 골목에 서서, 아 여기 어디쯤이겠구나, 하는 것이다. 우산은 필요 없어. 비 같은 건 못 피해도 좋아. 슬픔으로 옷이 흥건해져도 좋아. 다만 나는, 그럴 수만 있다면 나는, 손이 노래질 때까지 너와 함께 귤을 까먹고 싶구나, 제철 귤을 먹이고 싶구나, 중얼거리면서.

그로부터 또 몇 주의 시간이 흐른 지금, 사랑이라는 단어를 생각한다. 나는 분명 너를 사랑하고 있는데, 그 사랑은 네가 죽는 순간 시작되었다. 이게 가능한 일인가. 산 자와 죽은 자의 사랑은 어떻게 이루어지는가. 사랑에는 도대체 몇 개의 얼굴이 있고 몇 갈래의 길이 있는가. 사랑은 우리를 어디까지 데려다 놓을 수 있고, 어디까지 망가뜨리거나 회복시킬 수 있는가. 사랑이 아니라면 이 시간을 어떻게 설명할 수 있는가. 귤은 질문의 다른 이름이어서, 질문의 귤이 잔뜩 담긴 상자를 들고, 나는 또 골목을 서성이고 있다. 여기쯤이겠구나, 너의 집은.

네가 오려진 이 세계는 거짓말처럼 맑고, 지금은 고작 이런 시밖에는 쓰지 못하겠다. 잠에서 깨어나면 베개에 눌린 자국이 선명하고, 눌린 자국, 눌린 자국이란 뭘까, 또다시 혼잣말을 하게 된다. 갈퀴로 바닥을 긁는 심정으로 아흔아홉 계단을 내려갔어도 살아서는 결코 내려갈 수 없는 한 계단이 있고, 그것이 우리의 단차(段差)다. 겨우 한 계단이야. 한 계단 위에 이렇게 내가 있고, 한 계단 아래 그렇게 네가 있어. 내가 했지만, 사실은 내가 듣고 싶은 말. 거울 속에는 귤 상자를 든 사람이 있다.

당신에게

사랑은

어떤 모양인가요?

양안다

2014년 《현대문학》으로 등단하며 작품
활동을 시작했다. 시집으로
『작은 미래의 책』,
『백야의 소문으로 영원히』,
『세계의 끝에서 우리는』,
『숲의 소실점을 향해』와 동인 시집
『한 줄도 너를 잊지 못했다』가 있다.
창작 동인 '뿔'로 활동 중이다.

당신에게
       사랑은 어떤 모양인가요?

백일몽

빛과 싸우는 날입니다. 어제도 밤은 예상보다 짧았습니다.

너는 꿈속에서 죽어갔지만 나는 아무것도 하지 않았지. 그냥 그렇게 죽었다. 안녕. 잘 가.

생물이 살아 움직이는 건 당연한데

죽어 있는 건 너무 이상하다. 죽어 있는 건 나쁘다. 왜 가만히 있는 거야……

너는 꿈속에서 계속 죽는다. 나는 한낮에 가만히

환한 곳에 누워 보았습니다. 햇빛이 기울어지더니 나를 적시고 사라졌어요. 빛으로 이루어진 물결.

밀물과 썰물입니다. 죽은 그림자입니다. 일방적인 폭행입니다.

빛이 수 갈래로 자꾸 때리잖아요. 유리가 아닌 걸 알면서 얼음 따위를 부쉈어요.

나는 빛 아래에서도 녹지 않는다.

창밖에 나무 한 그루가 보인다는 건 내가 나무를 사랑하는 것처럼 보이게 만든다.

저 많은 잎들은 어디로 사라지는 걸까.

계속해서 가지는 부러지지. 너는 불을 지르고 사라졌습니다. 어느 날은 아무 생각 없이

칼날을 쓰다듬어보았어요. "네가 너무 날카로워서 내가 피 흘리고 있어." 창백한 네가 말했어요?

그러나 고마워요. 나는 다 타버리고 재가 되었어. 나는 하늘에 가까워요.

눈부셔. 꿈속에 네가 보인다는 건 내가 너를 사랑하는 것처럼 보이게 만든다…… 안녕.

잘 가. 한낮의 빛이

온몸을 물들이는 동안 나는 눈을 감는다.

너는 꿈속에서 죽었다. 네가 죽은 그곳에서

양 한 마리가 무릎 꿇고 기도하고 있었다. 나는 그것이 신이라고 생각했다.

인간은 왜 자꾸 사랑에 속아 넘어가는 건가요? 그러나 볼품없는 신은

시든 풀을 질겅거리며 말했지.

그것이 인간의 존재 이유이기 때문이란다.

양안다

우리 사랑은
냉장고 속 얼음처럼

— 산문

　사랑이라고 발음하면 어느 연인의 모습이 떠오른다. 그들은 평범한 사람이지만 서로에게 가장 특별한 사람이 된다. 안녕. 잘 가. 그런 인사로 서로의 안부를 묻기도 하겠지만. 사랑해?

　사랑해.

　그런 마음을 확인할 때도 있을 것이다. 그러니까 사랑이라는 건 서로를 확인하는 행위인가…… 가끔 그런 멍청한 생각에 빠진다. 이별이라고 발음하면 어느 연인의 모습이 떠오른다. 그들은 가장 특별한 사람에서 평범한 사람으로 돌아갈 준비를 한다. 눈물을

흘리고, 후회에 사로잡히고, 가져본 적도 없는

세상을

잃은 기분을 느낄 것이다. 그러니까 이별이라는 건 우리가 평범하다는 걸 깨닫게 되는 행위인가…… 자주 그런 멍청한 생각에 빠진다. 우리는 왜 이러한 과정을 반복하는 걸까. 왜 똑같은 사랑을 하고 똑같은 이별을 겪는 걸까. 그래. 어쩌면 우리는

영원할 수도

있을 거야. 우리 사랑은 특별하니까. 너랑 나는 다르니까…… 그렇게 또 속아 넘어가는 어느 연인의 모습이 떠오른다. 나는 그들을 상상하다가 멍청한 꿈을 꾼다. 세상 모든 연인들은 공장에서 줄지어 나온다. 그들은 공정 과정에 따라 똑같이 프로그래밍 되어 있다. 그들의 작동 조건은 이러하다. 일정 시간마다 숨을 쉬고 뱉어야 한다. 일정 시간마다 식사를 해야 한다. 일정 시간마다 잠을 자야 한다. 일정 시간마다

사랑을

해야 한다. 나는 꿈에서 깨어난다.

사
랑
한
다
고
말
할
수
있
나
요
?

황인찬

2010년 《현대문학》으로 등단하며
작품 활동을 시작했다.
시집으로 『구관조 씻기기』, 『희지의 세계』,
『사랑을 위한 되풀이』가 있다.

사랑한다고
        말할 수 있나요?

금과 은

금은 침묵이고 은은 웅변
돌은 사랑한다고 말하고 싶다

서소문 역사 공원에도 돌은 있고
사람들은 이곳에서 산책을 하거나 기도를 한다

나는 돌을 찾는다

"과거에 이곳은 처형장이었습니다
한국 최대의 가톨릭 순교성지이기도 하죠"

공원을 걷는 사람이 말을 하고
또 다른 사람은 침묵한다

선생님은 상상하거나 예측하지 말고 그저 받아들
이라고 말한다 그것이 나의 강박에 도움이 될 것이라
고도 했다

(하지만 한밤중 그와 함께 산에 들어갔던 날, 모든 것이 뒤섞여 아무것도 구분할 수 없는 어둠 속에서 아무 일도 일어나지 않았을 때

돌은 정말 입을 열기 직전이었다
그 돌을 찾아야 한다)

어떤 돌은 자신에게 금을 긋는 일에 빠져들기도 하고
또 어떤 돌에는 남해금산 푸른 바닷물에 잠긴 사람이 남아 있다는데

"저건 순교자를 기리는 탑이에요
저건 망나니가 칼을 씻던 우물이고요"

그는 나를 보며 울기 직전이다
왜 말을 하지 않느냐고 자꾸 말한다

어두워진 공원에 조명이 들어오고

사랑한다고
말할 수 있나요?

여전히 어두운 공원이다

나는 돌을 찾는다
어디에나 돌이 있다는 것이 나의 문제다

사랑 때문에 죽을 수는 없어서 — 산문

 세상에는 사랑한다는 말을 쉽게 할 수 있는 사람이 있고, 좀처럼 그렇게 하지 못하는 사람이 있다. 나는 후자에 속한다. 사랑한다는 말에 지나치게 많은 의미를 부여해서 그 말을 좀처럼 꺼내지 못하는 것이다.

 어쩌면 독실한 기독교 가정에서 자랐기 때문은 아닐까?(나는 내 인생의 많은 문제의 원인을 여기서 찾고 싶어 한다) 하나님은 사랑이시고, 사랑은 언제나 온유하고, 사랑은 주님의 뜻이라서 사랑이라는 관념을 지나치게 큰 것으로 여기고 있는 것은 아닐까 하는 것이다. 아무튼 하나님은 사랑이시니 말이다. 타인

사랑한다고
말할 수 있나요?

에게 당신은 사랑받기 위해 태어난 사람이라고 자신 있게 말하기에는 내가 참 부족한 것이 많다.

물론 그게 직접적인 이유는 아니다. 나도 이미 알고 있다. 나는 그저 상처받고 싶지 않을 뿐이다. 기대가 클수록 기대가 좌절되었을 때의 고통도 커지는 법이고, 사랑을 고백한다는 것은 당신과 내가 깊이 연결될 수 있으리라는 기대를 숨김없이 드러낸다는 뜻이다. 그런데 사랑이란 결국 좌절되고 실패하는 것 아닌가. 내게 사랑한다는 말은 결국 깊은 고통을 겪으리라는 뜻과 다름없었다. 그러니 나는 사랑한다는 말을 좀처럼 하지 못했다.

말하지 않으면 아무 일도 일어나지 않는다. 말하지 않으면 사랑이 좌절되어도 좌절된 것이 아니다. 그러므로 말할 수 없다. 사랑한다 말하면 고통받을 테니까.

*

이것이 나의 젊은 날을 지배했던 정서다. 나는 너무 많이 기대했고, 너무 자주 좌절했으며, 더는 실망하기 싫어 욕망하지 않았다. 그런데 요즘은 조금 다른 생각이 든다. 좌절과 실패가 그다지 두렵지 않다는 생각이다. 갑자기 없던 용기가 생겼다는 뜻은 아니다. 그저 삶에 너무 많이 깎여나가 좌절도 실패도 익숙한 친구처럼만 느껴진다는 뜻이다.

밥은 하루에 두 번 먹으면서, 실망은 하루에 세 번쯤 손쉽게 해버리는 것이 요즘 나의 삶이다. 작은 좌절과 실패에 예민하게 떨던 이십 대 청년으로 더는 살아갈 수 없다는 것도 절실하게 느낀다. 이렇게 살수도 없고 이렇게 죽을 수도 없을 때 서른 살은 온다고 최승자 시인은 말했지만, 사느니 죽느니 생각하는 것도 버거운 것이 삼십 대의 삶인 것 같기도 하다.

로미오와 줄리엣이 십 대 청소년인 것도 당연한 일이다. 사랑 때문에 죽기까지 할 수 있는 것은 젊은 시절에나 가능한 일이니 말이다. 나는 이제 사랑이 두렵지는 않다. 두려운 것은 천장 없이 오르는 서울의 집값뿐이다.

사랑이 삶을 지배할 수는 없지만, 또한 사랑 없이 삶은 성립되지 않는다는 것을 나는 삶 속에서 배웠다. 요즘 나의 과제는 내 삶에서 사랑의 적절한 위치를 찾는 일이다. 그것은 혼자만의 생각으로는 결코 불가능하다. 집 안에서 가구의 위치를 정하기 위해 이리저리 가구를 옮겨보듯이, 자꾸 사랑한다고 말하고, 사랑에 대해 말하고, 또 사랑해야만 한다. 내가 사랑을 위해 무엇을 할 수 있는지, 그리고 사랑을 통해 내 삶이 어떻게 동력을 얻을 수 있는지 시행착오를 반복하며 고민해야만 한다.

어린 시절에는 사랑에 대한 열망이 두려움과 경외의 형식으로 나를 불사르듯 추동했다면, 이제는 사랑과 조금씩 발맞춰가면서 앞으로 나아가는 삶을 상상한다. 그리고 그 모든 일이 가능해지기 위해서는 결국 사랑한다는 말 앞에서 더는 주저하지 말아야 하리라. 그래서 나는 이제 사랑을 겁내지 않는다. 사랑의 실패에 대해서도 마찬가지다. 굳이 더 잘 실패할 것까진 없지만, 어차피 앞으로도 실패할 일은 많다. 그냥 하겠다. 또 하겠다.

누군가의 사랑을
기쁨으로 바라본 순간을
기억하나요?

최지은

2017년 《창작과비평》으로 등단하며
작품 활동을 시작했다. 시집으로
『봄밤이 끝나가요, 때마침 시는 너무
짧고요』가 있다.

누군가의 사랑을 기쁨으로
        바라본 순간을 기억하나요?

흰 개가 달려오는 결혼식 — 시

— 소연에게, 2021.09.04.

이 시는
내 책상 아래 검은 고양이가
내가 잃어버린 꿈을 이어 꾸고 깨어나 들려준

간밤의 꿈 이야기

나의 정다운 친구 소연과 그의 오랜 연인 현진의
결혼식이었다고 합니다
신랑신부의 뒷모습을 하객들이 바라보며

저기, 사랑이 있다

속삭이는 꿈이었다고 합니다

그때 신랑신부에게 달려가는 하얀 개 한 마리
작은 책 담긴 바구니 하나 물고

소연의 하얀 개,
희동이(역삼동, 7살)

최지은

책을 펼치면
별갑나비 한 마리가

왼 날개 오른 날개가 양 페이지에 하나씩 그려져
있어
날갯짓하듯 책장을 넘기면
나비 따라 펼쳐지는 다음 이야기

누군가 오늘의 소식을 알려주려
멀리서
아주 멀리서 달려오고 있던 이야기였습니다

강 건너 바다 지나 산을 넘어
숨 가쁘게 달려오고 있던
충실한 이야기

이건 아주 오래된 이야기

현진이 소연을 소연이 현진을 모를 때부터
소연이 소연이 아니었을 때부터

누군가의 사랑을 기쁨으로
바라본 순간을 기억하나요?

소연의 어머니가 소연의
어머니가 아니었을 때에도
달려오고 있던 이야기

하객들은 이 이야기를 빠짐없이 다 들었습니다

그때에도

두 사람의
뒷모습을 보며
저기, 사랑이 있다
눈으로 보며

그 밤
모두 각자의 집으로 돌아가는 길
시인 하나는
이렇게 속삭였다고도 합니다

이제 밤은 더 어두워지겠습니다

별은 더 조용해지겠습니다

골목은 더 좁고 길어져 우리 걸어가는 내내

사랑을 이야기해야겠습니다

나는 당신이겠습니다

당신이 나 되도록 나는 더

당신이겠습니다

한 번은 그런 꿈같은 시간이겠습니다

이 밤

꿈의 몸이 되겠습니다

라고요

여기까지,

검은 고양이의 또 다른 꿈이 열리면

오늘의 하객들

누군가의 사랑을 기쁨으로
바라본 순간을 기억하나요?

고요히 혼자 가슴의 손을 얹고

여기, 사랑이 있어

속삭였다고 합니다

고개를 돌리면

지치지 않고
무엇에도 지지 않는 하얀 개 한 마리가

저기, 달려오고 있고요

오늘, 연가교 — 산문

시월이고, 가을 깊어집니다. 오늘 오후의 산보는 홍
제천변. 연가교 아래 앉았습니다. 연가. 연희와 가좌
를 잇는 작은 다리. 연가. 연가. 소리 내 부르면 어쩐
지 다정한. 다리 위로 두 마을의 가을 노을이 이어집
니다.

이 글은 겨울에 이르러 여러분께 닿겠지요. 여름에
시작해 가을 지나 겨울에 닿는 글. 계절 바뀌는 내내
이 마감을, 약속을, 원고를, 책을 생각했습니다. 사랑
에 대한 원고, 사랑에 대한 책. 하여 내내 사랑을, 생
각해야 했습니다.

누군가의 사랑을 기쁨으로
바라본 순간을 기억하나요?

어쩐지 사랑을 생각하면 순진해지는 것입니다. 순하고 연한 것. 무르고 약한 것. 하여 들키고 싶지 않은 것. 누구보다 나 자신에게 들키고 싶지 않아 감추고 감추다 여기에 이르러 이 글을 시작합니다. 순하고 연한 것을 생각합니다.

지금 눈앞에 흐르는 물이 그렇고 구름이 그렇고 또 꿈에 본 어린 망아지의 눈빛 같은 것. 이렇게 약하고 물렁한 것은 또 한결같아서 한결같음으로 강하고 단단해서 이길 수가 없는 것. 지게 만들어서 늘 이기고야 마는 것. 나를 망가뜨리는 힘센 마음과 또 달리 힘세고 용감한 사랑을 생각합니다.

생각 끝에 두 사람의 뒷모습이 물결 따라 지나갑니다. 사랑을 언약하는 두 사람. 그 둘을 바라보는 더 많은 사람들의 뒷모습도 이어 흘러갑니다. 오랜 친구의 결혼식 장면입니다.

스무 살, 대학에서 만나 사랑을 지켜온 두 사람을 저 역시 스무 살 때부터 지켜봐 왔습니다. 자주 귀엽고 때로 부럽고 역시 놀라운 사랑을 두 사람으로 인해 십오륙 년이 넘는 시간 동안 목격했습니다. 자기 자신을 이기는 사랑을, 나 자신을 넘어서는 사랑을 그들의 길고 짧은 사랑의 역사를 통해 바라봐왔습니다.

언제부턴가 결혼식에 초대받는 것이 기쁩니다. 둘의 사랑을 축복하기 위해 한날한시에 모이는 사람들의 마음이 예뻐 보여요. 각자 다른 곳에서 출발해 한 곳에 모인 마음. 사랑을 목격하는 마음. 두 사람의 뒷모습을 바라보는 마음. 너무 멀어 오래전에 이미 출발했던 사람, 노래 부르는 사람, 피아노 치고 바이올린 켜는 사람, 집에 혼자 있을 강아지를 생각하는 사람. 사람들. 사람들의 마음이 거기 있습니다.

둘의 뒷모습을 보고 있으면 사랑은 저런 모양인가 보다, 싶고요. 식이 끝나고 집에 가는 길 나는 못 보는 나의 뒷모습을 생각하면서, 보이지 않는 나의 사랑을 더듬어 보는 것도 좋아졌습니다. 그런 생각을 하면,

없던 문의 손잡이가 생기고

천사들이 달려가는 길이 열리고

천국의 지도를 바꾸고

날씨를 잊고 시간을 뒤바꾸며 생활을 지키는 사랑을 믿게 되는 것입니다.

등을 기댈 수 있는 바닥

농담을 적어둘 벽

누군가의 사랑을 기쁨으로
바라본 순간을 기억하나요?

지친 마음을 위한 창

오직 둘을 위한 집의 효용을 생각하는 것입니다. 서로 사랑을 원하고 결혼을 원하는 연인들 누구나 이 집의 주인이기를 바라보는 것입니다.

누군가의 사랑을 축복하는 마음 끝에 나는 나의 사랑을 생각하고,

나만의 한 사람을 생각하고,

눈앞에 흐르는 천변의 물결처럼 순하고 부드럽고 연하고 빛나며 보기에 참 좋은 사람을 생각합니다.

내일 아침 빛이 궁금해지게 만드는 사람, 다음 수요일에도 이곳의 풍경이 무탈하길 기도하게 만드는 사람, 다음 계절을 기다리게 만드는 사람을.

나는 제법 믿게 된 것 같습니다. 사랑이 내 안에 있어 언제든 나와 함께 해왔다는 분명한 사실을요. 여기까지,

어제의 일기.

다시 오늘 된 오늘 오후에는 이런 시를 써보았습니다.

"…11월에서 11월까지//당신 꿈에 닿으려는/나의

생활이//나를 지키고 있어요"

시의 제목은 "즐거운 일기"입니다.

누군가의 사랑을 기쁨으로
바라본 순간을 기억하나요?

당신에게

사랑은

어떤 모양인가요?

강혜빈

2016년 《문학과사회》 신인문학상을
수상하며 작품 활동을 시작했다.
시집으로 『밤의 팔레트』가 있다.
사진가 '파란피(paranpee)'로 활동
중이다.

당신에게
사랑은 어떤 모양인가요?

호두 정과正果 ─ 시

호두 하나

하늘이 탁할 땐 단맛이 좋아, 하나는 어깨를 으쓱한다. 마주앉은 나무 탁자에는 파인 자국이 많고 아래에서 다리와 다리가, 직각과 직각이, 포개진다. 호두는 사람의 뇌를 닮아서 머리에 좋대. 머리가 좋아지면 하나와 마지막으로 헤어진 날을 기억할 수도 있겠지. 캐러멜이 묻은 딱딱한 호두 한 알을 입에 넣자, 하나의 눈이 동그래진다.

호두 둘

둘이라는 국면에서, 하나는 언니와 이마를 맞댄다. 둘은 눈을 감고 머리에서 머리로 전해지는 진동을 느낀다. 하나는 나무처럼 크게 숨 쉬고 언니는 따라 쉰다. 작고 어두운 커피숍에는 인공적인 새소리가 되풀이된다.

강혜빈

호두 셋

냅킨에 그려진 검은 새, 세 마리. 호두를 다 씹고 나면 입안에 퍽퍽한 물음이 남는다. 언니는 프릴이 달린 셔츠를 입어서 바람이 불 때마다 날갯짓을 했다. "날아가려고? 날아가려고?" 하나는 앙상한 발로 검은 새의 발을 걸었다. 언니는 허들을 뛰어넘듯 넘어질 듯 넘어지지 않고 도움닫기를 했다. 하나는 부리 같은 입술로 휘파람을 불었다.

호두 넷

딱총나무로 만든 스푼이 있다. 스푼의 등은 의도적으로 휘어 있고 하나는 그로부터 마법 지팡이를 떠올린다. 언니는 스푼을 들어 쑥차를 젓는다. 저녁의 가루는 저어도 저어도 가라앉고 잔을 흔들면 구름처럼 풀어진다. 하나는 스푼으로 마지막 호두를 들어 올린다. 호두는 실재하며 가볍고 믿을 만하다. 언니는 입술을 열고 하나는 그 속으로 호두를 흘려보내준다.

호두 다섯

검은 문을 밀고 들어온 사람 중 절반이 향냄새를

맡고 돌아갔다. 하나는 숨을 크게 들이쉬고 천천히 내뱉는다. 어깨가 높아졌다가 물 먹은 나뭇가지처럼 낮아진다. 살아 있으려고, 살아 있으려고. 하나는 언니의 정수리에 손바닥을 확인하듯 얹고 눈을 감는다.

호두 소쿠리

언니는 굳은 어깨를 주무른다. 빈 소쿠리는 오후 다섯 시와 함께 회수된다. 하나의 등 뒤에서 맑은 저녁이 말려 올라간다. 겨울의 해는 빈자리를 남겨두고 있다.

사랑을 발명하는 사람 — 산문

    사랑의 모양은 수시로 자세를 바꿉니다. 빛처럼 흐르며 매일 새롭게 갱신되고, 발명됩니다. 나는 흰 가운을 입고, 비커를 들고, 연구실 안을 서성거리는 거지요. 오늘 발견한 모양은, 엄마가 씻어둔 가을 무화과의 잘 익은 모양. 동생과 함께 갠 양말 무더기의 모양. 초겨울 바람에 찡그린 코끝의 모양. 먹으려고 뜬 물을 식물에게 대신 줄 때, 그려지는 포물선의 모양. 그런 것들입니다. 사소한 것은, 그러니까 디테일은 어쩌면 가장 중요합니다. 일상 속에서 독특한 균열을 발견할 때 나는 가장 기쁩니다. 연인의 처진 속눈썹

위에 가느다랗게 내려앉은 물방울과 먼지들로부터, 지난날의 과오를 잊을 수 있습니다. 손을 잡으면 생겨나는, 손과 손 사이의 느슨한 공간 속에서 사랑을 발견합니다. 혹은 함께 마주할 때만 빛처럼 줄어드는 시간 속에서. 유리문 너머로 다가오는 기쁜 기다림 속에서. 사랑에는 실체가 없고 다만 증거만이 남아 있습니다. 새의 발자국처럼 찍힌 사랑의 흔적을 발견하고, 호명할 따름입니다. 당신을 부를 때, 돌아보는 것은 사랑의 기척일까요.

사랑은 사랑이라 이름 붙이는 순간, 그 자리에서 증발해버립니다. 모든 순간은 순간으로만 남고 더는 기억되지 않아, 매일 밤 지난날들의 형체를 복기하곤 합니다. 사랑의 장면을 눈동자 속에 담는 일은, 엄청난 집중력을 요하기 때문에, 섬광처럼 번쩍 빛나고 스러집니다. 스러짐은 약해짐이 아니며, 스러짐은 영영 사라짐이 아니며, 스러짐은 결코 또 다른 죽음이 아닐 테지요. 다만 스러짐은 새로운 말들의 건널목이고, 다만 스러짐은 "se lever"의 경우와 같이, 자동사에 재귀대명사를 붙여 타동사로 만드는 과정을 거쳐, 따

로, 또 같이 "스스로 일어서는" 일이고, 다만 스러짐
은 우리의 무의식 속에서 다시 불길이 이는 일입니
다. 눈을 감고 흐릿해진 얼굴을 더듬으면 우리는 늘
새롭게 만날 수 있어서. 나는 사랑에 관해서라면 백
행을 쓸 수 있습니다. 언젠가 백 개의 시를 모으면, 비
가 쏟아졌으면 좋겠어요. 장대같이. 억수같이. 벼락같
이. 마음 깊은 곳에 숨어 있던 사랑이 불현듯 깨어나
도록.

  다시 태어날 수 있다면 무엇이 되고 싶나요. 나는
비. 비가 된다면 좋겠어요. 비 오는 날, 창문을 물끄러
미 바라보는 사람이 있다면, 유리창에 찾아가 미끄러
지듯 인사를 하겠어요. 무엇이든 가능한 사랑의 모양
을 보여주겠어요. 경쾌한 물의 춤을. 침대 속에 파묻
혀 나의 존재에 대해 끝없이 생각만 하고 있을 때, 문
득 먹고 싶은 프레첼이 생각나 이불을 박차고 일어나
는 거지요. 밝은색 옷을 주워 입고, 푹신한 운동화를
고르고, 가벼운 마음으로 문을 열고 나설 수 있다면
좋겠어요. 내가, 당신이, 그리고 우리가. 첫 시집의 '시
인의 말'처럼 울고 싶을 때 울어도 괜찮고, 힘껏 사랑

해도 괜찮고. 다만 서로가 서로의 용기가 되어줄 때. 우리는 너무 밝은 대낮에도 울 권리가 생기고, 시시한 어른의 보통 삶이란 무엇일까 고민하지 않게 되고, 내가 나인 것을 증명하지 않아도 되고, 버틸 수 없는 질문에는 대답하지 않아도 될 테니까요. 옅은 숨소리로 살아 있던 날들은 이제 가고, 고소한 빵 냄새를 떠올려봅니다. 우리는 다만 목소리로 이어집니다. 높고 낮은, 깊고 넓은, 무수하게 반짝이는 모든 목소리들로. 투명한 몸속으로 빛이 지나가자 기나긴 스펙트럼이 생기고요. 사랑의 미래는 시보다 이르게 도래합니다. 미움도 이겨낼 사랑으로 진창 같은 세계를 환대하겠어요. 아, 비가 내려요.

우리는 만나지 않는 채로 사랑할 수 있을까?

목정원

공연예술이론가. 변호하고 싶은
아름다움을 만났을 때 비평을 쓴다.
산문집 『모국어는 차라리 침묵』이
있다.

우리는 만나지 않는 채로
사랑할 수 있을까?

끝없는 해안

― 시

모든 섬에는
해 지는 바다와
해 뜨는 바다가 있다

반드시 지워지는
발자국을 남기며
갈매기는 꺽꺽
부리를 열고 운다

우는 동안은 입을
다무는 일이 없다

나는 죽은 자를 불러다
같이 걸으며
까닭 없는 슬픔의
까닭에 대해 이야기했다

그랬더니 곰삭은
마음이 조금 잘려나갔다

해안을 떠나
언덕을 올라오면서
나는 그에게 이제
그만 따라오라고 했다

내가 살리지 못한 당신
거기서 잘 사세요

남은 마음을 안고
여기서 사는 것은
내 몫입니다

그러나 사실 나는
살아서도 그를
만난 일이 없다

구름이 수평을 덮어

지는 해를 볼 수 없는 날에도
그 바다가
해 지는 바다가 아닌 것은 아니었다

우리는 함께
섬에 있었으므로

함께가 아니었다고
말할 수 없는 일이었다

무람없는 사랑 — 산문

당신이 죽었다는 소식을 들었다. 그럴 때면 나는 뒤늦게 당신의 생을 염탐하는 고약한 습관이 있다. 그렇게 혼자서 사랑에 빠지고, 어쩌면 내가 당신을 살릴 수 있었을지도 모른다는 생각을 무람없이 품는 것이다. 어쩌면 그런 마음으로 지금껏 나는 살아 있는 몇 사람들을 또한 사랑해온 것이다. 그리하여 매번 실패했던 것이다. 그러나 당신은 실패를 허락지 않는, 이미 실패한, 무결한 사랑이기에. 당신을 생각하지 않기란 좀처럼 어려운 것이다. 나는 그렇게 당신과 그 섬에 갔다.

섬에서 처음 묵은 집 근처에 작은 교회당이 있었다. 노란 수선화밖에 들판을 채운 것이 없던, 이른 봄이었다. 하루는 교회 마당의 묘지에서 부모의 무덤가에 새 꽃을 심는 세 명의 노인을 만났다. 일 년에 한두 차례, 꽃을 바꾸기 위해서만 그들은 섬으로 온다고 했다. 물을 주는 일은 이웃에게 부탁해뒀고, 때로 이웃이 잊는 날에는 비가 내릴 것이었다. 뭍에서 가져온 팬지꽃의 얇디얇은 잎들이 섬의 바람을 견디고 있었다. 매일 저녁 해 지는 것을 보러 바다로 걸어가던 길에도 섬의 바람을 오래 견딘 키 작은 잡목들이 잿빛으로 나부꼈다. 춥고 캄캄한 마을로 돌아올 때면 혼자인 것이 가장 무섭고 안전했다. 나는 늦게까지 불을 밝힌 하나뿐인 술집에 들어가 해조류의 향이 섞인 위스키를 마셨다. 노인들의 부모처럼 여기서 살다가 여기서 묻히고 싶다고 생각하며.

두 번째로 묵은 집도 섬의 서쪽을 면해 있었다. 기다란 땅의 북쪽 끝에 가까웠던. 해안은 더욱 지척이었으나 나는 줄곧 첫 번째 마을을 그리워했다. 그리하여 섬을 떠나던 날, 작은 트렁크를 끌고 바다로 내려갔다. 바닷길을 따라 아래로, 아래로, 다시 배를 타고 뭍으로 떠나야 하는 섬의 남쪽을 향해 걸어갔다. 모래 뭉치가 트렁크 바퀴를 자꾸만 붙들었다. 너무 무거워졌을 때 숲길로 나와 걸었다. 간혹 몇 채의 집이 있고, 집 앞에는 동전을 두고 가져가도록 사람들이 놓아둔 수선화 다발이 있었다. 봄날의 볕이 뜨거웠고, 다리의 감각이 무뎌졌다. 나는 죽은 사람만을 온전히 사랑할 수 있다는 오명을 기꺼이 쓴 채 노래를 흥얼거렸다. 그런 나를 스쳐 가는 몇 대의 자전거와 자동차가 있었다. 멀리 점처럼 교회당이 보이기 시작했다. 멀다는 사실과 보인다는 사실이 춤을 추었다. 멀다는 사실이 대개 이겼다. 자동차 한 대가 멈춰 섰다. 처음 묵었던 집의 주인이었다. 그가 나를 태우고 마을 초입의 카페로 데려다줬다. 차에서 내리자 마당에서 맥주를 마시던 이들이 나를 보고 웃었다. 우리를 지나쳤던 사람들인가 봐, 나는 이미 두고 온 당신에게 속삭였다.

우리는 만나지 않는 채로
사랑할 수 있을까?

당신에게

사랑은

어떤 모양인가요?

이혜미

2006년 《중앙일보》 신인문학상으로
등단하며 작품 활동을 시작했다.
시집으로 『보라의 바깥』,
『뜻밖의 바닐라』,
『빛의 자격을 얻어』가 있다.

당신에게
          사랑은 어떤 모양인가요?

원테이크 — 시

그러니까 우리가 신이 운영하는 카페에서 갓 내린
영혼을 테이크아웃해 온 거라고 믿는다면. 하나뿐인
몸에 일렁이는 마음. 다시 돌아가 무를 수도 없는 첫
모금이 시작된 거라면

너를 봤어.

넌 태어나지 않기로 결심한 사람처럼 문가에 앉아
있었지. 얼음이 녹아갈 때 마음의 겉면은 맑고 슬픈
액체를 흘린다. 투명하고 아름다운

잠시

너는 플라스틱 컵, 깨진 액정, 한쪽뿐인 이어폰, 이
면지, 어설픈 맞춤법, 끝물 과일을 사랑한다고 했어.
불완전해서 유일해진 것들만을

인간은 자신 아닌 모든 것을 영원이라 부르지. 미래는 이미 끝나버렸고 옛날은 아직 시작되지 않았으니까. 일회용 컵을 씻어 다시 물을 마시고 구멍을 뚫어 흙을 채우고 식물을 심으며, 다시 태어날 것을 몰래 믿으며

매장에선 끝없이 음악이 흘러나왔어. 다정한 사람들이 무심히 노인이 되어가는 동안. 다시 들을 수 없고 2절 없는 단순한 무한

너를 훔쳐보며 하루치의 시간을 마시다가 지금이 나의 마지막 신이라는 걸 눈치챈 순간 남아 있던 영혼이

뜨겁게

탁자 위로
엎질러졌다

버려진 영수증을 주워 펼치면 음용 시 주의사항이

작은 글씨로 적혀 있었지 ; 오늘의 감정에는 오늘의

책임이 필요합니다

모아 든 두 손에
잠시의 영원이

　감정에게 모양이 있다면 그건 끊임없이 유동하는 순간순간이 아닐까. 모양이라기보단 모습이나 태도, 물성에 가까운. 사랑을 말할 때 우리가 흔히 붙이는 동사 '빠지다'에는 분명한 물의 흔적이 남아 있다. 그래서인지 사랑을 떠올리면 언제나 흐르는 액체와 증발하는 기체의 경계 같다. 있었는데 없어졌습니다. 지금은 존재하지만 언젠가 형태와 모양을 바꿀 것.

　사랑에게로 다가간다. 잃어버릴 것을 어렴풋이 예감하면서. 어쩌면 사라지기에 사랑한다. 녹지 않는 눈

사람은 징그럽고 가짜 장미는 지루하니까. 왜 시들고 녹고 부서질 것들을 안타까워하면서도 막상 그것들이 떠나가지 않으면 실망감을 느끼는 걸까.

누군가를 정말 좋아하게 된 순간을 기억한다. 그때 느꼈던 감정은 즐거움이나 기쁨이 아닌 소스라침과 두려움이었다. 연약한 촉수 하나가 새로 돋았구나. 가슴이 예리한 유리에 베인 듯 아팠다. 마음을 가진 대가로 그 사람을 잃어버린 장면에 다녀와야 했기 때문에. 너무 큰 사랑과 너무 큰 슬픔은 서로 등을 맞댄 샴쌍둥이 같다.

카자흐스탄에서는 기도할 때 떨어지는 물을 받듯 손을 오목하게 받쳐 든다. 기도하는 손 모양대로 천국에 가서 물을 받아 마실 수 있다고. 빈틈없이 오므리지 않으면 물이 손가락 사이로 다 빠져나가 마실 수 없기 때문이다. 기도를 마치면 세수를 하듯 얼굴에 물을 끼얹는 시늉을 한다.

다 흘러내릴 줄 알면서도 조밀하게 모은 손우물.

사라질 액체들을 붙드는 손은 사랑의 모양에 가깝지 않을까. 욕망을 뜻하는 단어(desiderare)의 어원이 '사라진 별'이라는 것을 알았을 때, 나는 손그릇 밑으로 하염없이 떨어지는 물방울들을 떠올렸다. 순간이 모여 생겨나는 잠시의 별자리.

손을 빈틈없이 모은다. 일회용 몸에 무한의 마음을 담아보려고. 이마를 타고 뜨거운 기도가 흘러내린다.

나를 사랑하는 사람과
같은 이유로,
당신 자신을
사랑하나요?

김승일

2009년 《현대문학》으로 등단하며 작품
활동을 시작했다. 시집으로 『에듀케이션』,
『여기까지 인용하세요』가 있다.

나를 사랑하는 사람과
같은 이유로,
당신 자신을 사랑하나요?

내 아내

다른 시인들과 함께 낭독회를 하면 좀 미안해지곤 하지. 내가 제일 귀여우니까. 날 쳐다보는 사람들을 앞에 두고 있으면 내 몸에서 빛이 나오는데. 그 빛을 본 사람들은 간지러워서 웃는데. 네가 처음 나를 봤을 때. 너는 많이 웃지 않았지. 너는 누구보다도 많이 웃는 사람인데. 너는 그날 웃는 대신 놀라기로 작정한 사람 같았지.

내가 본 드라마를 본 사람 있나요? 나는 관객들에게 물었고. 딱 한 사람만 손을 들었지. 여유롭고 당당하게.

너는 다른 사람들이 손을 들지 않았다는 것을 뒤늦게 알아차렸지.

그다음 열렸던 낭독회에선. 어떤 사람이 미친 듯이 웃었다는 것만 기억하고 있어. 내가 고개만 흔들어도.

손만 허공을 휘저어도 웃는 것 같았지. 내가 처음으로 사람들에게 시를 가르쳤던 수업에 찾아와서도.

그러다 너는 깨달았지. 다른 사람들은 너보다 훨씬 적게 웃는다는 걸.

내 첫 수업에서. 나는 사람들에게 자신의 인생 얘기를 자신의 나이만큼 써오라고 했지. 26살이라면 A4 용지 26매를. 다음 주에는 반으로 줄이고. 다다음 주에는 다시 반으로 줄여서. 결국엔 한 문장만 남기는 일을 하기로 했어.

네가 가지고 온 이야기에는 고양이 얘기, 아빠 얘기, 동생 얘기, 유학 얘기, 연애를 시작하게 된 얘기, 그리고 대부분은 내 얘기였지. 몇 장까지 썼는지 기억은 나지 않는군. 너는 회사에서 일을 하다가 잠시 쉴 때. 계단을 내려가서. 길에서 휴대폰으로 그 이야기를 썼지. 매일 회사에서 피곤할 때. 너는 그 시간의 대부분을 내 얘기를 쓰는 데 썼지. 26장을 다 채우는 건 무리여서. 나머지 여백은 이응으로 가득 채워서 제출했지.

나를 사랑하는 사람과
같은 이유로,
당신 자신을 사랑하나요?

○ ○

네 인생 얘기를 읽은 이후로. 혼자 침대에 누워서 아무 생각이나 하고 있으면. 항상 네가 쓴 인생 얘기가 떠올라서 가슴이 뛰었지. 너무 많이 생각나서 죄책감을 느꼈어. 나는 그때 애인이 있었고. 학생하고 사귈 수도 없는 노릇이니까.

우리는 사람들의 인생 이야기를 낭독하느라 시간을 너무 많이 써서. 반으로 줄이는 일은. 다시 반으로 줄이는 일은. 한 문장으로 줄이는 일은 하지 않았지.

얼마나 다행이라고 생각했는지.

당신의 인생 이야기가 한 문장이 되지 않아서. 네 인생의 한 문장. 나는 아직도 그 문장을 보지 못하게 된 것을 다행이라고 생각하고 있어. 아마 심장이 너무 뛰어서 죽었을지도 몰라. 이건 과장이 아니야. 죽었을지도 몰라.

단추

멋진 시대다. 사랑이 무슨 독이 든 성배라도 되는 것인 양, 독이 들지 않은 완전식품인 양 구는 데 이골이 난 사람들이 살고 있다. 누군가 그 사람들에게 사랑에 관한 이야기를 써달라고 했다. 다들 "나는 사랑이 무엇인지 모르지만"이라는 문장으로 시작하고자 했다. 어떤 사람은 다들 그 문장으로 시작할 것 같아서 다른 문장으로 시작하기로 했다. 그리고 나는 이렇게 사람들이 어떤 문장으로 시작할 것인지 추측하면서 이 글을 시작하였다.

사실은 많을 수도 있지만. 나는 당당히 사랑한다고

나를 사랑하는 사람과
같은 이유로,
당신 자신을 사랑하나요?

말할 수 있는 게 별로 없다고 늘 생각해왔다. 사랑하는 것들과 언젠가는 헤어질 것을 알기에 나는 슬프다. 하지만 늘 초조하지는 않다. 멍청하기 때문에. 침대에서 팔을 뻗을 때. 너에게 닿을 때. 나는 슬프지 않다. 아직 덜 깨었기 때문에. 아직 헤어지는 것에 대해 생각할 준비가 되지 않았기 때문에. 그렇게 나는 덜 깨어 있기 위해서 너무 많이 잔다. 걱정하지 않기 위해. 잠이 오지 않는 밤에도. 나는 팔을 뻗어 너희들에게 닿는다. 내 어딘가가 살짝 고장 나서 잠이 오지 않는 것인데. 그런 밤에는 부쩍 우울하기도 한데. 그래도 나는 그런 밤에도 너희와 헤어지는 것을 두려워하지 않는다. 팔을 뻗어서 닿고. 그대로 닿은 채로 잠에 빠지기를 소원한다. 일어났을 때도 닿아 있기를 기도한다. 어쩌면 너는 물을 마시러 나갔다가 다시 내 손을 깔고 잠이 들었을지도 모른다. 하지만 나는 모르니까. 일어났을 때 내 손끝이 너를 만지고 있다면. 나는 슬프지 않다. 정말로 슬프지 않다. 잠이 덜 깨었기 때문에. 그러나 잠에서 덜 깨었을 때라도. 만약 손을 뻗었을 때 네가 없다면. 필사적으로 거실로 나와 물도 마시지 않은 채로. 너를 찾다 보면. 네가 없다는 사실은 금방 알게 되겠지. 그러면 괜찮지 않을 거란다. 그리고 그 생각이 나를 행복에서 벗어나게 해준단다. 나를 행복하게 해주는 동시에 행복하지 않게 해주어서 고맙구나. 갑자기 아저씨가 그린 어린 왕자 그림이 생각난다. 눈이 조그맣고 아래위로 길쭉한 동그라미가 된 것 같다. 사랑한다.

　이 글과 헤어질 수도 있겠지만 조금만 더 같이 있어 보려고 한다. 나는 매우 피곤하다. 오늘은 계속 낮잠을 잤다. 계속 깼는데 다시 계속 잤다. 반려인의 그림자에 사는 개처럼. 우리 고양이가 내 옆에 계속 붙어 있었다. 나는 고양이에게 좋은 소식이다. 내가 일어나서 움직이면 고양이에게 좋은 일이 생긴다. 그래서 이 글을 쓰고 있는 키보드 옆에도 고양이가 붙어 있다. 내가 기지개를 켜면 뭐가 하나 끝났구나 싶어서 축하의 노래를 부를 것이다. 그것은 아주 짧은 노래일 것이다. 나는 시험 삼아 아직 끝나지 않았는데도 기지개를 켰다. 정말로 우리 고양이가 짧게 울었다. 어쩌면 나는 기지개를 저주할 것이다. 기지개를 켜다가 눈이 길쭉한 동그라미가 될 것이다. 사랑에 대한 글이다. 내 글에는 너무 자주 고양이가 나온다.

사랑은 어떻게
경험되는 걸까요?

———————

송승언

2011년 《현대문학》으로 등단하며 작품
활동을 시작했다. 시집으로 『철과 오크』,
『사랑과 교육』이 있다.

사랑은 어떻게
경험되는 걸까요?

불량목 다음

도착한 가시나무숲에는
우리가 노래로 먼저 떠나보낸 사람이
풍경을 뚫고 지나간 흔적이 있었다.
다름 아닌 피로
다름 아닌 얼굴로
그의 찢긴 살가죽을 입고
그의 흔적이 된 숲을 보며
그가 그를 버려두고 건너갔음을 알았다.

그래서 우리는 지난겨울을 떠올릴 수 있었다.
그것은 의식적이라기보단 반사적인 일에 가까웠다.
각자 자랑하는 술을 한 병씩 들고
서로의 얼굴을 바라볼 수 있는 구도로 둘러앉아
돌아가며 이야기했던 날들, 그 이야기들 전부
이미 몇 번이고 들었거나, 또는 선조가 수없이 되
풀이한 탓에
공동체에 무의식처럼 새겨진 것들이었지만

그 몇 구절로 된 이야기

변변찮은 말주변을 헤치고 들어가야 정수가 발견
되는 이야기

또는 몇 마디로 된 노래

훗날 그 노래 들을 때마다 이 무리를 떠올릴 수 있
게 만들었던

그런 하찮은 것들 나누며 우리는

웃다가 싸우다가 뱀처럼 뒤엉켜 함께 잠들곤 했다.

그런 방식으로 우리가

함께 얼마나 많은 시간선을 넘어왔는지

얼마나 서로의 소유이기를 거부한 채로

서로에게 전부였는지

그는 그의 마지막 날에는 물론, 그다음 날까지도
몰랐다.

우리도 잘 몰랐다.

그다음 날에도

그리고 그다음 날에도

우리가 계속 노래를 부르고 있었다는 걸 알기 전까

지는

그리고 생에 남은 몇 번의 저주를 거친 후 비로소
우리가 다시 집단이 되리라는 것을.

아무것도 사랑할 수 없고
모든 것을 사랑할 수 있는   — 산문

사랑이 무엇이냐고 물어보면 모른다고 답할밖에. 아마 평생 그러지 않을까. 사랑에 관련된 여러 이야기, 사랑에 빠진 사람들이 보이는 공통된 모습 등을 모르는 건 아니지만, 그래도 사랑이 무엇인지 정확히는 모르겠다. 사랑하는 사람에게서 어떤 일이 일어나는지, 그의 삶에 무슨 변화가 생기는지, 그런 변화가 어째서 사랑이라고 불릴 수 있는 것인지에 관해서 나는 설명할 수 없다. 잘 모르니까.

일정 기간 지속되는 특정 상태를 뜻하는 게 아닌, 한순간 발생되는 감정이라는 측면에서만 사랑을 살

피자면, 가끔씩 나도 사랑이라는 감정을 느낀다. 그런 느낌은 내게 회상의 형태로 찾아온다. 모든 경험이 끝난 뒤(이별을 은유하는 게 아닌, 단순히 경험의 종료를 의미한다), 시간이 조금 흘러 그 경험이 불현듯 머릿속에서 재생될 때, 눈앞에 없는 그 과거를 재경험하는 일이 내게 설명할 수 없는 복잡한 감정을 던져줄 때 나는 그것이 사랑이라 느낀다.

겨울이 오면 추위를 견디며 하루하루를 살아내는 데 열심일 뿐이지만, 겨울이 지나고 나면 겨울날 가끔씩 느꼈던 온기들이 떠오른다. 나는 그럴 때 사랑을 느낀다. 언젠가 당신과 함께 차를 마실 때는 평소대로 별생각을 하지 않았지만, 시간이 흐른 뒤 가끔은 그곳에서 당신과 보낸 시간이, 나눴던 무의미한 말들이, 그때 보았던 당신의 얼굴이 다시 떠오른다. 몇 번씩이나. 나는 그때 사랑을 느낀다.

나는 이렇게 주로 기억을 통해서만 선명하게 감각되는 사랑이 곤혹스럽다. 내가 지금 사랑하고 있다는 것을 알고 느껴야 내가 좀 더 무언가를 사랑하는 사람으로 살아갈 수 있을 텐데, 회상을 통해 겨우 사랑을 느낀다면 이에 관해 현재의 내가 손을 쓰기가 어려우니까. 내가 훗날 이 순간을 사랑하게 될 것을 예감한다 하더라도 그렇다. 마음이란 늘 폭군처럼 굴며 다음의 나를 후회하게 만든다.

관계적인 측면에서 사랑을 살펴볼 때, 나는 아마도 소수에 속할 것 같다. 나는 사랑을 귀속적인 개념으로 생각하고 싶지 않은 사람이다. 오늘날까지도 사랑은 귀속의 정서적인 형태로서 나타나고 있다. 어떤 대상을 사랑하면 그것을 가져야 하고, 먹어야 하고, 내 것이 되게 해야 한다는 생각. 내 것을 남과 공유할 수 없다는 생각. 성애적인 관점에서 오늘날 이는 결혼 제도를 통해 1인에게 1인이 귀속되는 방식으로 이어지고 있다. 서로는 서로에게 타인과 공유할 수 없는 재산이 된다. 이는 사랑이 마치 분배되어야 할 요소라도 되는 것처럼 여겨지기도 하며, 때문에 불평등을 논하는 이들까지 생긴다. 웃기지만 웃지 못하는 일이다. 이러한 인식들이 물질적으로도 그렇지만 정신적으로도 또한 그렇다는 사실이, 그런 법이 뭇사람들의 필요에 의해 생겼다는 점이 나의 삶 한 부분을 포기시킨다.

내가 위험한 소리를 하고 있는 걸까? 사랑이 소유

사랑은 어떻게
경험되는 걸까요?

가 아니라는 말이 그저 바른 사랑에 대한 은유에 그치는 것이 아니라 문자 그대로라는 생각은 이 사회가 생각하는 사랑과 반대되긴 할 것 같다. 사랑이 소유가 아니라는 게 보편 개념이 된다면 일대일 연애부터 시작해 모든 관계가 뒤바뀔 테니까. 나는 비난받을지언정 어쩔 수 없게도 그렇게 생각하는 사람이다.

다만 내 생각과 이상대로 살아갈 능력이 내게는 부족하다. 나는 돈과 집이 있어야 죽지 않고 살아갈 수 있는 이 땅의 가치에 반대하지만 그렇다고 해서 이 땅을 떠날 수 있는 사람도 아니고, 사랑 또한 소유인 세계에서 이에 반대한다고 모든 귀속적 사랑을 끊어낼 수 있는 사람도 아니다. 그러면 어느 쪽으로든 생각을 고쳐먹어야 할 것 같지만, 그마저도 제대로 할 수 없는 사람이다. 어쨌든 세상은 물론이요 나 자신조차 내 마음대로 할 수 없고, 내 마음조차 내 마음대로 할 수 없다는 것을 인정한 채로 살아간다. 내가 유일하게 내 의지대로 방향을 움직여볼 수 있는 것은 나의 생각뿐이다. 이를 조금이라도 적확하게 써나갈 수 있도록 애써볼밖에.

내가 겨울을 사랑한다고 말할 때, 나는 겨울에서 무엇을 느끼고 있는 것일까. 내가 당신을 사랑한다고 말할 때, 나는 겨울을 사랑하듯이 당신을 사랑하고 있는 것일까? 그 사랑에는 차이가 없는 것일까? 내게는 그러한 것 같은데 다른 이들은 모르겠다. 어쩌면 나와 같은 이들도 있을 수 있고, 한 인간이 느끼는 사랑에도 여러 종류가 있다고 말하는 사람도 있을 수 있겠다. 나는 이 겨울을 사랑하고 이 겨울을 소유하고 싶지는 않다. 나는 당신을 사랑하지만 당신은 내 것이 아니다. 그러나 분명하게 반복할 수 있다. 나는 당신을 이 겨울처럼 사랑한다. 이 사랑은 내 것이 아님에도 늘 나에게 돌아온다.

사랑은 어떻게
경험되는 걸까요?

영속적으로
이어지고 있는

사랑이 있나요?

이제니

2008년 《경향신문》으로 등단하며
작품 활동을 시작했다.
시집으로 『아마도 아프리카』,
『왜냐하면 우리는 우리를 모르고』,
『그리하여 흘려 쓴 것들』,
『있지도 않은 문장은 아름답고』가
있다.

영속적으로 이어지고 있는
사랑이 있나요?

영원이 너의 미래를 돌아본다

들판이 바람을 불러내 사랑을 속삭이고 있다. 아직은 죽지 마. 죽기 전까진 미리 죽지 마. 이미 죽은 적이 있는 우리는 서로의 이름을 뒤집어쓴 채 속삭이고 있다. 각자의 거울 앞에서만 울고 서로의 이름 앞에서는 들판을 이어갔다. 실은 둘 중 하나는 분명히 죽었다. 나 아니면 너. 어제 아니면 오늘. 바람은 죽은 것을 사랑하는 냄새를 풍기고 있어서 들판은 보이지 않는 꽃을 그리고 있다. 먼 나라에서 건너온 꽃의 이름은 잊은 지 오래였다. 눈길을 따라 고개를 돌리면 길 끝에서부터 걸어오는 한 사람. 두 팔을 벌려도 안을 수 없는 나무 둥치 아래로 마음을 잃은 마음이 모여든다. 눈과 귀가 여린 얼굴들이 모여 만든 목소리의 빛 그늘. 영원이 미래의 얼굴을 돌아볼 때 바람과 들판은 손을 잡을 수 있다. 사위어가는 빛 속에서. 서로를 바라보며 두 손을 맞잡을 수 있다. 사위어가는 빛이 있다면. 내면에서 울리는 음악을 들을 수 있다. 들을 수 있는 내면이 있다면, 말 없는 말로 움직이는 감정을 느낄 수 있다. 느낄 수 있는 감정이 있다면. 사랑을 알지 못하는 사람이 힘차게 걸어온다. 계절이 멈춘 옷을 입고서 보이지 않는 두 팔을 흔들면서. 받고 싶었던 사랑을 오늘의 들판에게 주려고. 바람은 기억이 되어 들판으로 불어온다. 나무 그늘 아래 없는 개의 흰 털이 날리고 있다. 구름처럼 흩날리다가 흰빛으로 사라져가고 있다. 아득한 빛에 눈이 멀어서 들판은 천사의 이름을 뒤집어쓴 채 번지고 있다. 잃어버린 사람의 이름을 대신하는 방식으로 꽃의 이름을 배우고 있다. 구월에서 시월로 넘어가는 순간이 영원처럼 좋았습니다. 이것은 천리향. 이것은 만리향. 바람을 따라오는 향기 덕분에 잃어버린 사람을 떠올릴 수 있습니다. 같은 나무를 다른 이름으로 부르길 좋아하는 입으로 들판은 노래를 불렀다. 묻어둔 마음을 노래하는 입으로 춤을 추었다. 못다 한 말들이 너무 많아서 들판은 뒤늦게 넘실거리고 있다. 사이사이. 세계는 무덤으로 흘러넘치고 있다. 사이사이. 빈자리는 채워지고 또 채워지고 있다. 엄마, 흰빛을 따라가세요. 바람은 들판에게 모르는 꽃의 이름을 귓속말로 일러주었다. 태어난다는 것은 다시 돌아온다는 것

영속적으로 이어지고 있는
사랑이 있나요?

이다. 이전과는 다른 몸으로 이전과는 다른 이름 곁으로 돌아온다는 것이다. 너는 보이지 않는 눈이 되어 그 모든 것을 한눈에 다 알아보았다. 하나의 몸으로 여러 개의 이름을 가진다는 것은 어떤 일일까. 없는 목소리가 그리워서 사전을 펼쳐 열어 사랑이라는 낱말을 찾아보는 밤이 있다. 그러니까 사랑 때문이다 사랑 때문이다. 혼자 묻고 혼자 답하는 빛 그늘 어울림 속에서. 들판의 바람은 끊이지 않아서 슬픔 비슷한 것이 나뭇잎을 흔들고 있다.

영속적으로 이어지고 있는 사랑이 있나요

곁에 있는 식물을 죽이지 않고 한 계절을 건너왔다는 것이 위안이 되는 밤이다. 식물은 아름답고 사람은 죽는다. 식물은 끝내 뿌리를 벗어나고 사람은 결국 아름다워진다. 어느 날은 잊고 있었던 오래된 상자를 열게 된다. 우연을 가장한 필연적 이끌림에 의해서. 모종의 시간이 필요했던 봉인된 기억을 향해. 상자 속에는 오래전에 죽은 개의 목걸이가 빛바랜 종이에 싸여 있다. 목걸이는 개의 목둘레 그대로 슬픈 곡선을 간직하고 있다. 녹색의 가죽끈 표면에는 죽은 개의 이름과 옛집의 주소와 예전에 쓰던 휴대폰 번

호가 적혀 있다. 이제는 없는 이름과 주소와 숫자들. 더는 구체적인 대상을 가지지 않는 명사들. 이름 없는 이름들과 호응하며 과거시제로 떠돌고 있는 무인칭 동사들을 바라본다. 종이 위로 옮기기를 주저했던 감정들. 끝없이 지연시키려 했던 작별의 순간들. 곁을 떠난 것들이 죽음 이후로도 자신의 존재를 완성해가는 동안 색과 형태를 바꾼 감정들이 있다. 시간과 함께. 모르는 시간과 함께. 과거 시제에서 현재 시제로 옮겨 온. 다시 미래 시제로 쓰이고 있는 문장들이 있다. 목걸이에 적힌 글씨는 오래전 어머니의 글씨다. 어머니. 이제는 없는 어머니. 이제는 없다는 의미에서 그것은 오래전 나의 글씨였고 너의 글씨였고 만난 적 없으면서 이미 만났던 누군가의 글씨였다. 목걸이는 반짝인다. 그것은 울고 있다. 그것은 뒤늦게 울고 있다. 사람은 늘 뒤늦게 울도록 태어났다는 듯이. 후회와 반성에도 불구하고 어리석음을 반복할 수밖에 없다는 듯이. 그렇게 사랑은 완전한 상실 뒤에야 비로소 시작된다. 슬프게도 나는 이런 문장을 적는 사람이 되었다. 살아오면서 겪어온 수많은 죽음들. 엄밀히 말하면 자신의 죽음이 아닌 다른 누군가의 죽음들.

그러나 그 모든 죽음이 과연 자신의 죽음이 아니라고 할 수 있을까. 사랑하는 누군가가 죽을 때 우리의 일부도 죽는다. 끝끝내 알지 못하게 된 어떤 사실과 함께. 물을 수도 없고 들을 수도 없는 어떤 말들과 함께. 그 어떤 사람을. 그 어떤 사랑을.

이십 대 후반에서 삼십 대 중반까지 차례차례로 사람을 사랑을 잃었던 시절이 있었다. 사고로 혹은 병으로. 혹은 알 수 없는 어떤 이유들로. 그들의 마지막은 어두운 채로 찬란했고 언어로는 드러낼 수 없는 빛이 순간순간 깃들었다. 그 계절 갑작스러운 병마의 끝에서 친구는 어두운 낯빛으로 사라져가고 있었다. 그 병상에서 어떤 표정을 지어야 할지 몰라 내가 웃으면서 울고 울면서 웃을 때 친구는 견딜 수 없는 통증으로 괴로워하면서도 웃어 보였다. 아니 웃어 보이려 했다. 그때 나는 그것을 친구가 삶의 마지막까지 지키려 했던 최선의 품위라고 생각했었다. 그러나 시간 속에서. 어떤 시간 속에서. 이후로도 죽음을 겪으면서. 혹은 그들처럼 병상에 누워 지내면서. 나는 그 자그마한 미소를 문득문득 떠올렸고 누군가가 끝까

영속적으로 이어지고 있는
사랑이 있나요?

지 지키려 했던 존재의 품위에 더해, 쉽사리 놓을 수 없는 삶을 향한 실낱같은 희망에 더해, 죽음 이후를 알 수 없는 인간의 그 어쩔 수 없는 두려움에 대해 보다 더 깊이 생각하게 되었고. 그러는 동안에도 계속해서 사람들은 떠나갔고. 세월은 또 흘러갔고. 떠난 사람은 다시 돌아오지 않는다는 것을 반복해서 겪어내는 나날 속에서. 나는 세상 곳곳에서 자기만의 방식으로 영속적인 사랑을 이어가고 있는 사람들을 하나둘 알아볼 수 있게 되었다. 끝날 것 같지 않은 겨울 지나고 봄날의 꽃송이 위로 날아든 나비 한 마리. 그 날갯짓의 희미한 궤적에서 지나간 사랑의 응답을 발견하는 사람의 눈길 위에 나의 눈길을 얹을 수 있게 되었다. 단련될 수 없는 슬픔이 오고 또 가는 것을 바라보면서. 나는 돌려줄 수 없는 사랑에 대해 오래오래 생각했다. 홀로 울고 있을 때 여전히 나를 다독이는 들리지 않고 보이지 않는 그 목소리들에 대해. 그리하여 나는 무수한 목소리를 덧입은 채로 나를 초과한 어떤 존재들과 함께 살아가게 되었다. 벗어날 수 없을 것만 같던 긴 어둠을 지나온 어느 날 삶과 죽음 사이에서 문득 균형을 잡았다 느낄 때처럼. 지나간

영원이 실은 오지 않은 미래의 얼굴을 돌보고 있다는
것을 알아차릴 때처럼.

사랑이 떠난 후

당신은 무엇으로

남아 있나요?

구현우

2014년 《문학동네》 신인상을 수상하며
작품 활동을 시작했다. 시집으로
『나의 9월은 너의 3월』이 있다.

사랑이 떠난 후
당신은 무엇으로
남아 있나요?

LETTERING

─ 시

탐정은 사랑의 행방을 쫓는 중이라 말했고 기억을 그러모아 나는 그의 몽타주를 그려주었습니다.

별안간 그가 저지른 짓이 무엇인지 물었습니다. 아직은 용의자일 뿐이라는 대답이 돌아왔습니다. 아직까지는요.

흘깃 탐정의 수첩을 훔쳐보니 이웃, 혈흔, 방, 도구 (도주?), 테라스, X, 계획, 아몬드, 커튼 이런 단어들이 눈에 띄었습니다. 누가 죽은 건가요.

아직 죽은 사람은 없어요.
최소한 죽어가는 사람이 있거나, 이후에는 죽을 수도 있겠군요 라는 말은 속으로 삼켰습니다. 설령 그렇다고 한들 증거가 없다면 그를 가두지는 못할 테니까요.

사랑과 친했냐는 질문에는 잠시 사이가 필요했습니다. 글쎄요……. 사랑과 안 친했냐는 질문에도 마찬가지였습니다. 글쎄요…….

나와 사랑의 관계를 정의하기 곤란해하기에 넌지시 일러주었습니다. 친구라 하기엔 애매한데 친구의 친구쯤은 되는 것 같다고요.
공통적으로 친한 사람이 한 명 있는
그 사람이 없으면 나와 사랑 둘이서는 별로 할 말이 없는 그런 사이 말입니다.

현장에서 사라진 사랑이 수상한 건 어쩔 수 없는 일일 겁니다. 무서워서 도망쳤을 수도 있겠죠. 자기가 한 일이 아니라도 눈앞에서 사람이 다쳤다면요. 누명을 쓸 수도 있겠다고 의심하지 않았을까요.

그런 마음을 탐정이 배제하진 않을 거예요. 사건의 실마리를 그가 쥐고 있다는 것만은 분명합니다. 알고 있습니다. 유력한 용의자인 동시에 유일한 목격자인 사랑을요.

사랑이 떠난 후
당신은 무엇으로
남아 있나요?

한 번쯤은 돌아올 거라 했습니다. 탐정의 추리로는 그가 밀실이 된 집의 열쇠를 갖고 있다고 합니다.

사랑이 살다시피 했던 집이라고 해요.

타인을 해칠 수 있을까.

내가 기억하는 사랑은 그러지 못할 얼굴로 그러고도 남을 인물입니다.

마주치기라도 한다면 그의 짓인지 아닌지 알 수 있겠는데요. 이상한 확신 하나가 머리를 스치고 지나갑니다. 왜인지 다시는 사랑을 만나지 못할 것 같다는 생각

사랑을 두 번 다시는 볼 수 없을 거라는 생각이—.

소름이 끼칩니다. 만일 사랑이 범인이 아니고 숨은 것도 아니라면. 이 모든 게 우연이라면. 사랑조차도 진범이 죽여버린 것이라면. 이 모든 게 우연이 아니라면. 사건은 이제 시작된 걸지도 모릅니다.

흔들린다 흔들리지 않는다 — 산문

한강을 보고 있으면 마음이 요동한다. 괜찮다 믿어
왔던 내면은 오래 부글부글 끓고 있던 거였고, 평정
을 유지해온 표정은 일그러지기 쉬운 한 겹 랩을 씌
운 것과 다름없는 상태에 불과했다. 나는 한강에서의
시간을 아낀다. 수면 아래에는 생물도 온갖 쓰레기도
폐수도 있겠지만 겉으로는 다만 평온이 유지될 수 있
다고 다독이는 기분이다.

강을 오래 보면 우울해진다는데. 조금은 우울한 게
더 건강한 상태일 수 있다는 자기암시를 걸며 강변을

사랑이 떠난 후
당신은 무엇으로
남아 있나요?

떠나지 않는다. 더 우울해져도 좋으니 한강이 보이는 집이 내 것이면 좋겠다는 혼잣말을 해본다. 와인 잔을 들고 청승을 떨면 그래도 조금은 있어 보이지 않을까. 저 수많은 집 중에 내 집 하나 없다는 건 참 이상하다는 한탄도 한다. 조깅하는 시민들처럼 성실하게 몸을 움직여야 하는데. 성실하게 맥주만 홀짝이고 있는 내가 한심해 죽겠다. 강변은 춥다. 지난 연애를 떠올리는 슬픔도 일부 있겠으나 정말 아주 일부일 뿐 한강을 보며 드는 나의 우울이란 대체로 이런 식이다.

지난 사랑을 깊이 떠올리는 날도 있다. 내 최초의 사랑 그리고 실패는 여섯 살 경남 진해 도만동의 작은 아파트에 살 때였다. 어느 날 작은 친구 하나를 손에 품게 되었다. 병아리였다. 작고 소중한. 소중하고 예쁜. 너무 연약해 보여서 쓰다듬는 일도 매우 조심스러웠다. 살짝 손끝에 닿는 털은 또 얼마나 부드러운지. 하나의 대상에게 그토록 무한한 애정이 샘솟을 수 있다는 걸 그때 처음 알았다. 섣불리 이름도 지어주지 못했다. 당시 내가 아는 말은 그리 많지 않았고 또 그 아이에게 어울릴 만큼 예쁘다 싶은 단어는 없었다. 내일은 꼭 지어줘야지. 저 아이에게 딱 맞는 그 럴듯한 이름을.

사고는 바로 다음 날 발생했다. 친구들과 놀고 들어온 뒤 아이를 찾아봤지만 짹짹거리는 소리도 노란 작은 형상도 발견할 수 없었다. 결론은 처참했다. 당일 동네 주민들이 우리 집에 모였고 그중 한 분이 앉은 자리에 그 아이가 있었던 것이다. 너무 작고 연약한 탓에 그분도 그 이이의 존재를 몰랐다고 한다. 가볍게 앉았을 뿐이라고. 그 아이는 그렇게 쉬운 동작에 짓눌려 죽고 말았다. 뒤늦게 사체를 발견한 나는 아이의 작은 몸을 손에 올려두고 한참 오열했다. 부모님은 아파트 뒤에 무덤을 만들어주자고 했다. 주민 중 한 분이 다른 병아리를 데려다주겠다고 했지만 거절했다. 그 아이의 자리를 다른 아이가 채워줄 수는 없으니까. 이사를 가기 전까지 나는 매일 무덤을 찾았다. 네가 살아 있었다면. 네가 살아서 내 곁에 있었다면. 생명의 끝과 사랑의 끝이 다름을 배웠다. 내 마음의 수면 아래에는 언제나 그 아이가 있다.

가끔 한강 앞에서는 이런 기억이 떠오르기도 한다.

그러다 보니 한강을 사랑하고, 한강에서의 시간을 사
랑하게 되었다. 멍을 때리는 나의 평소 습관도 한강
앞에서는 별거 아니다. 시간도 마음도 낭비하게 된다.
그저 흘러가는 한때일 뿐. 빛이 부서지는 잔물결을
보며 생각한다. 우리는 모두 무사한 척 사는 거겠지.
사랑을 했고 사랑의 실패를 했으므로 오늘날 평온한
얼굴로 마주하게 된 걸 테니까. 우리, 나란히 한강에
서 만나. 물이 물을 밀어내는 광경을 가만히 바라보
자. 한강에서의 시간은 그렇게 간다.

당신에게 남아 있는

사랑의 흔적은
무엇인가요?

이규리

1994년 《현대시학》으로 등단하며 작품 활동을
시작했다. 시집으로 『당신은 첫눈입니까』,
『최선은 그런 것이에요』, 『뒷모습』,
『앤디 워홀의 생각』 등이 있다.

당신에게 남아 있는
사랑의 흔적은 무엇인가요?

블루 노트

— 시

우린 여름 감기를 했다

그 슬픈 전염이 좋았다

허공을 향해 당신의 비읍을 흉내 내고 있었던 것

이해하리라 모르리라 하면서
꿈의 산맥을 넘나들 때

하얀 손등에 도드라지던 푸른 정맥
그 물속에 들어가 흐르고 싶어 했다 나는,

습성은 또 무엇인지
우주의 다른 쪽으로 창을 내며

꽃밭이 펼쳐졌을 때 왜 나는 나를 바꾸었을까

아름다운 건 내 것이 아니야

어디선가 사랑은 잘못 말하라 했다
다 말하지 말라고도 했다
사랑은 늘 늦고 부족하고

어떤 날은 가고
어떤 날은 남았다
한 사람이 남아 사랑을 말하리라 알지 못했는데

오랜 뒤 당신이 준 환기의 화집 안에서
불현듯 만날 수 있었던 일

우리는 모두 먼저 간 푸른 점이었다

여전히 여름 감기를 하시는지
먼 심장의 소리를 들으시는지
그 안에 흐르고 있을
순간과 순간에 대해

당신에게 남아 있는
사랑의 흔적은 무엇인가요?

어디서 무엇이 되지 않아도
다 사용하지 못한 미완은
영원이 되어
따뜻한 영원이 되어

부재가 아니라 지금 여기, 라고 눌러 적으며 나는,

너무 늦게
당신을 말해도 되나요?

사랑을 보낼 때 비탈리의 〈샤콘느〉를 들어요. 400번쯤 듣고 나면 한 계절이 지나고 있어요. 스물넷의 겨울이 지나고 있었어요. 한 슬픔이 활대를 켜서 언가지 사이에 움을 낼 때까지 나는 꼼짝 않고 있어요. 슬픔은 소진되는 게 아니라 초극되어야 하기 때문이지요. 심장을 쓱쓱 문지르는 하이페츠의 바이올린이 이별을 견디는 나의 방식이에요. 오이스트라흐가 온건하다면 하이페츠는 격렬해요. 그러니 이별 이후는 하이페츠의 연주라야 해요. 슬픔을 슬픔으로 치유해야 한다는 게 또한 나의 방식이어서 내장을 긁어 극

점을 만지게 하는 하이페츠가 슬픔의 속성을 더욱 이해하였다고 여겨요. 나는 통주저음에 젖어 상실의 시간을 흠씬 견뎌요. 꼼짝 않고 함몰해요.

그러니까 그때, 내 삶과 정서에 알맞게 조율된 한 사람이 잎맥 속으로 걸어 들어왔어요. 환기의 화집을 건네며 푸르게 웃었지요. 여름 감기를 하는 사람, 대답에 늘 한 박자를 늦추는 사람, 공기조차 훼손 않으려는 결정체로 그가 있었을 때 존재에 대한 확신이 물결처럼 왔어요. 서늘하고 깊었어요. 이런 사랑 있다면 백번 사랑하리라 생각했으나 너무 기뻐 풍선을 놓아버리는 아이처럼 벅찬 순간에 나는 그만, 나를 모르고 말았어요. 나는 얼마나 많이 숨어있는 걸까요? 이렇게 잘 조화된 시간들을 내가 받아 안아도 될까요? 습성처럼 오지 않은 너머를 헤아리다가 기쁨을 놓치고 있었어요. 훼손해야 할 시간들이 두려워 울며 도망한 게 분명해요.

비탈리의 〈샤콘느〉에 붙는 수식을 아시지요? '지상에서 가장 슬픈 음악'이라고 해요. 백번 옳다 싶게 나는 거기 빠져들어요. 도입부인 파이프 오르간의 애잔함 사이에 그 겨울과 봄이 있고 중도의 피치카토를 사이로 의심하며 질문하며 이별을 견뎌야 하는 여름의 막막한 시간이 있어요. 소중한 의미들을 미처 사용하지도 못한 채 뚜껑을 닫아야 하는 사람의 눈빛은 오래 아래를 향하겠지요. 미완이어서 영원이 된다는 형식은 얼마나 비현실적인가 마는, 나는 그 찢어지는 눈부심을 좇은 것이었어요. 슬픔을 선택하고 말았어요. 그가 선물한 실크머플러를 단 한 번 목에 둘렀지요. 왜 이리 목이 타는가. 이건 연결할 수 없는 별자리야.

어떤 놀라움이나 아름다움도 비참의 옷을 입는다는 것, 비참을 피할 이유가 없다는 늦은 깨달음이 있던 때 나는 오랜만에 화집을 폈어요. 한 그림 안에서 더듬거리며 무수하게 찍힌 점들을 보며 놀라 깨어났어요. 우리의 생이 흩어진 게 아니었구나, 점들의 의미를 수용했어요. 헤세에 대한 이야기, 스메타나의 〈몰다우 강〉을 저녁에 들으면 결심을 크게 한다는 이야기, 커다란 돛이 세 개인 범선이 언젠가 우리를 이끌게 되리라는 이야기 모두 점이었던 거지요. 그렇게 당신을 점들 속의 그리움으로 놓았습니다. 영원 또한 그리움의 다른 말이라, 그 안에서 당신은 여전히 여름 감기를 하고 이따금 손을 들어 안경을 밀어 올리며 환기의 푸른 점을 이야기하겠지요. 나는 이걸 영원이라 말합니다. 이제는 웃고 있는 영원, 따뜻한 영원.

사랑에 대답하는 시

1판 1쇄 펴냄 2021년 12월 17일
1판 3쇄 펴냄 2023년 9월 22일

지은이   강혜빈, 구현우, 김선오, 김승일, 목정원, 송승언,
        신용목, 안희연, 양안다, 이규리, 이제니, 이혜미,
        임유영, 최지은, 황인찬

편집   서윤후, 송승언
디자인   한유미, 정유경

펴낸곳   아침달
펴낸이   손문경
출판등록 제2013-000289호
주소 03980 서울시 마포구 성미산로 153-16, 2층
전화 02-3446-5238
팩스 02-3446-5208
전자우편 achimdalbooks@gmail.com

ISBN 979-11-89467-36-4 03810

아침달